HENRY JOUIN

LE LIVRE

ET

L'OUVRIER

PARIS

E. LACHAUD, LIBRAIRE-ÉDITEUR

4, PLACE DU THÉATRE FRANÇAIS, 4

1873

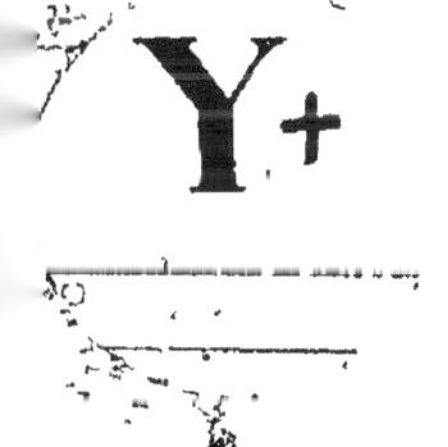

LE LIVRE

ET

L'OUVRIER

E. LACHAUD, ÉDITEUR

DU MÊME AUTEUR :

LA PLAIE

ÏAMBES

EN PRÉPARATION :

CE QUE DISENT LES RUINES

SCÈNES EN VERS

HENRY JOUIN

LE LIVRE

ET

L'OUVRIER

Les Classes Ouvrières ont assez
d'instruction pour apprécier le côté
faible des institutions humaines,
elles n'en ont pas assez pour les
réformer.

BLANQUI.

PARIS

E. LACHAUD, LIBRAIRE-ÉDITEUR

4, PLACE DU THÉATRE-FRANÇAIS, 4

1873

A CEUX QUI CROIENT

―――――

Je continue.

Dans ma préface de La Plaie, j'ai dit ce que je pense de l'antago-nisme de l'Ouvrier et du Bourgeois à notre époque.

J'ai montré l'une des sources du mal : le luxe. J'ai mis en lumière la conséquence inévitable du luxe : la révolte.

Plusieurs m'ont reproché de n'avoir pas indiqué le remède.

Constater n'est pas combattre.

Il y a, je le sais, dans la simple constatation du péril un appel ta-cite à la prudence, mais ce n'est pas ainsi qu'on entraîne à la lutte. Il faut d'abord exposer, puis convaincre et enfin passionner.

1.

Je n'ai publié jusqu'ici que l'exposition de la thèse que je défends. Je me réservais d'y revenir. On n'épuise pas son sujet dans un jour quand il est fécond. Démosthènes, tout grand qu'il fût, s'y prit à quinze fois pour saper l'ambition de Philippe, et Cicéron nous a laissé sept discours sur les déprédations du préteur Verrès.

La question ouvrière repose en principe sur une idée, et accidentellement sur des faits.

Le socialisme est l'idée; la Commune et ses crimes, ce sont les faits.

Il n'y a donc rien de comparable dans les invasions du roi de Macédoine,— un Guillaume de ce temps-là,— pas plus que dans les vols d'un gouverneur de Sicile, avec le grand problème ouvrier qui se dresse à l'heure présente devant le monde moderne.

La Plaie *est mon exorde.*

Le Livre et l'Ouvrier *sera mon plaidoyer.*

Pourquoi donc osé-je dire que la Commune et ses crimes se rattachent au problème ouvrier ? A première vue, nos désastres civils semblent avoir été l'œuvre d'une catégorie d'hommes sans nom, bien inférieurs à l'Ouvrier.

C'est une erreur.

Les instruments de la crise de 71 ont été des Ouvriers. Ils sont sortis des manufactures et des chantiers où jusque-là ils avaient vécu de leur travail, dans une honnêteté relative. Ce ne sont ni les plus débauchés ni les moins laborieux qui se sont signalés dans ces tristes jours, ce sont les plus gangrenés de l'idée socialiste.

Et qu'est-ce que l'idée socialiste ? Comment définir cette doctrine qui recrute un si grand nombre d'adeptes, incapables de formuler eux-mêmes leur croyance ?

Nous ne remonterons ni à Saint-Simon, ni à Fourier, mais nous interrogerons les économistes contemporains.

M. Laboulaye, prenant au sérieux les songes de Cabet, l'inventeur de l'Icarie, définit le socialisme « un système tendant à l'unité, et sacrifiant l'individu à l'État [1]. »

M. Walras, au contraire : « Le socialisme est la recherche méthodique d'une organisation économique de la société qui satisfasse à tous les droits et à tous les intérêts [2]. »

Proudhon survient avec son cri de guerre : « la Propriété c'est le vol ; » sophisme enchanteur qui fait miroiter aux yeux du pauvre l'idée de partage.

Blanqui ne s'inquiète pas d'expliquer la doctrine, mais il observe ses conséquences : « Un sentiment d'orgueil, dit-il, s'est emparé des classes ouvrières et les domine à leur insu. Elles ont assez d'instruction pour apprécier le côté faible des institutions humaines ; elles

1. *Journal des Débats,* numéro du 24 octobre 1866.
2. Cité par M. E. LEVASSEUR, *Histoire des classes ouvrières en France depuis* 1789, tome II, p. 493.

n'en ont pas assez pour les réformer d'une manière sérieuse et durable [1]. »

Louis Reybaud poursuit la même pensée, et traduit très-justement selon nous l'état des esprits. « L'Ouvrier ne se résigne plus à être et à paraître Ouvrier; il aspire à mieux, vaguement, sans but défini [2]. »

Conclusion : Le socialisme attend encore une définition nette. C'est la doctrine de l'inconnu, et précisément parce que chacun l'interprète à son gré, le nombre des socialistes va grandissant.

Le produit de cette doctrine est au contraire parfaitement connu.

En temps de paix, il s'appelle le malaise.

Aux heures de discorde ou d'hésitation : la haine.

Je ne m'inquiète pas des transformations que la science philosophique fera subir au socialisme; les théories m'importent peu; mais le fait qui est la mise en action de cet étrange système me préoccupe.

Il n'y a pas de livre qui vaille l'homme.

Or, lisant à toute heure et partout la même légende à mesure que je me penche davantage vers l'Ouvrier, je me tiens pour suffisamment instruit de mon devoir, et je cherche la source du mal.

1. *Des Classes Ouvrières en France*, p. 648.
2. *Journal des Économistes*, tome XIX, p. 225.

Elle me paraît clairement indiquée dans le mot de Blanqui que je rappelais tout à l'heure. L'Ouvrier est assez instruit pour apprécier le côté faible des institutions humaines; il ne l'est pas assez pour les réformer d'une manière sérieuse et durable.

Il a la science, mais il n'a pas la science nécessaire.

Je pourrais à cette page écrire une profession de foi en faveur de l'enseignement. Il me serait aisé de parler de l'obligation et de la gratuité. Je ne le ferai pas.

Je n'écris pas un pamphlet, mais un livre.

Il faut instruire l'Ouvrier : voilà l'idée absolue.

Il faut l'instruction obligatoire : voilà l'idée relative.

La thèse absolue ne passera point; la thèse relative ou pratique passera comme les circonstances de lieux et de temps qui l'auront fait surgir.

La thèse absolue appartient au livre; la thèse relative au pamphlet et au journal.

L'Ouvrier n'a pas la science nécessaire. — De Bonald n'a-t-il pas dit : « Un peu de science éloigne de Dieu, beaucoup de science y ramène? »

Il en est de même à l'égard des notions de justice, de prudence, de force et de tempérance, vertus cardinales dont la violation mène à la ruine.

Nous ne savons pas inculquer à l'Ouvrier de notre temps de suffisantes notions de morale.

Etant donnée l'activité de la presse sceptique, qui est et restera toujours dans une certaine mesure l'exercice d'un droit, que la loi la plus sage sera tenue de respecter, nous, la société, nous ne faisons pas la conscience de l'Ouvrier assez forte et assez éclairée pour qu'il puisse se défendre de l'erreur.

La conscience est ce sanctuaire intime où tout homme se retire pour juger ce qu'il voit, ce qu'il lit, ce qu'il entend.

Quelle garde avez-vous mise à ce sanctuaire, pour que l'homme ne le trouve pas hanté, quand il y descendra par le doute et le matérialisme ?

Quels principes rationnels des devoirs avez-vous donnés à ce travailleur lorsqu'il était enfant ou jeune homme ?

Quelle aube lumineuse avez-vous faite à sa virilité ?

Que sait-il de ses devoirs envers lui-même ? Est-il certain qu'on lui ait quelquefois parlé de son âme ?

Que lui avez-vous appris sur la justice et l'amour, ces deux pôles sur lesquels reposent ses devoirs envers l'humanité ? Sait-il que l'équité doit être sa première loi, et l'amour, c'est-à-dire le don de soi, sa première passion ?

L'homme de simple justice se trouve placé, pour ainsi dire, en face du mouvement de l'humanité; il ne prend pas sa part de ce mouvement, mais il ne le trouble pas.

L'homme d'amour, l'homme qui se donne avec générosité, entre dans le mouvement universel.

La vertu du premier est une vertu négative; celle du second une vertu positive.

Avez-vous appris à l'Ouvrier qu'il doit être, à tout le moins, un homme de justice ?

Et le citoyen, c'est-à-dire encore l'homme d'amour qui se donne à la patrie; l'homme de respect qui s'incline devant les chefs et qui obéit aux lois de son pays, est-il plus visible chez l'Ouvrier que l'homme social ?

L'Ouvrier sait-il être père de famille ? A-t-il conscience de l'éducation qu'il doit à ses fils ? N'ayant rien reçu, ou à peu près, donnera-t-il ?

Sait-il ce que c'est que d'avoir une maison et un serviteur ? Notre langue chrétienne appelle le serviteur un domestique, « l'homme du foyer. » Or, un écrivain catholique qui depuis trente ans vit en contact avec la classe ouvrière, relevait, ces jours-ci, comme un signe du temps, la dureté de l'Ouvrier envers celui qui le sert.

Enfin, que sait-il, ce travailleur, de ses devoirs envers Dieu?

Peu de chose.

L'homme, l'homme social, le citoyen, le père de famille, le chrétien sont donc également rares chez l'Ouvrier ?

Cette situation douloureuse et terrible, tout le monde la constate. Les sociétés reposent à l'heure qu'il est sur des couches d'hommes qui ont perdu le sens des vertus sociales et religieuses, et ces hommes tiennent à certains jours dans leurs mains enfiévrées les destinées des nations, parce qu'ils ont le nombre, à défaut de principes, et que, par une faute insensée, nos modernes législateurs ont décrété que le nombre était la force nouvelle qu'il convenait de substituer à l'intelligence et à l'honnêteté.

C'est avec le désir d'appliquer le remède efficace que les esprits sérieux ont formulé deux opinions, très-différentes quant au fond, mais également radicales.

Lorsqu'un mal opiniâtre s'est emparé d'un membre et va jusqu'à mettre la vie du malade en péril, le médecin fait place au chirurgien.

Le radicalisme est la ressource des situations désespérées.

La première opinion peut se traduire ainsi :
Le mal est désormais inévitable dans sa rapide propagation. L'imprimerie, d'une part, et de l'autre les grandes agglomérations manufacturières seront toujours un obstacle à la moralisation de l'Ouvrier

Le travailleur lit, mais ne sait pas lire. Mieux vaut qu'il ne lise pas supprimons l'instruction du peuple, et nous verrons cesser ses convoitises. Le peuple a besoin d'être conduit; or, la tâche de ses guides sera d'autant plus aisée que le peuple aura moins appris.

La seconde opinion se formule en ces termes :

Les malheurs dont nous souffrons, les torts de l'Ouvrier sont la suite de l'ignorance populaire. — Instruisons le peuple.

L'une et l'autre thèse sont défendues avec sincérité. L'une et l'autre ont trouvé des hommes de talent pour les développer.

L'une est la thèse du découragement; l'autre la thèse d'une virilité chrétienne. L'une fait son domaine de l'étroit égoïsme ; l'autre est immense comme l'amour. L'une fait songer au suicide et l'autre parle de résurrection. L'une est de l'homme, l'autre est de Dieu.

Sans doute la théorie a quelque chose de fascinateur que la pratique n'offrira pas. Il sera malaisé d'instruire le peuple au milieu de ces voix diverses et innombrables qui appellent l'attention. Notre vie moderne permet à peine de s'attarder à la définition des principes. Le temps marche; les idées s'entre-choquent et se combattent; les faits s'imposent au-dessus des idées; c'est le bruit, c'est l'activité incessante, c'est l'obscure mêlée, et la voix qui bénit et enseigne est plus d'une fois couverte par le bruit de la voix qui blasphème.

Qu'importe ? ce sera la lutte.

Instruire le peuple, faire l'âme populaire assez robuste pour qu'elle ne penche plus sans combat vers les doctrines matérialistes, anti-sociales et athées, ce seront, je le veux bien, nos Thermopyles modernes, mais il se rencontrera plus de trois cents braves pour les défendre, et Léonidas sera vainqueur cette fois, parce qu'il n'aura pas lutté seulement contre Xerxès, mais contre Satan. « Quis ut Deus? » *Ce fut le cri de l'Archange, et c'est notre cri devant l'ennemi qu'il nous faut terrasser.*

Si l'homme ignore, c'est que l'enfant n'a pas appris.

Apprendre est l'initiation nécessaire de la science. L'homme est un être enseigné, ne nous lassons pas de le redire.

Pourquoi l'enfant n'apprend-il pas ? ah! pourquoi y a-t-il des pauvres qui ont besoin du travail de leurs fils et de leurs filles, avant qu'ils aient atteint l'âge viril ? Pourquoi le progrès de l'industrie a-t-il eu ce côté barbare de rendre utile et parfois indispensable le concours de l'enfance dans l'usine ?

Pourquoi?

Peut-être par une permission de Dieu, qu'il faut regarder comme un châtiment.

Quoi qu'il en soit, le fait existe et nulle main d'homme n'est désormais capable de supprimer ce fait qui est un droit.

L'enfant travaille. L'oiseau ne grandit plus à l'air libre; la fleur manque de cette atmosphère dont toute créature est nourrie quand elle suit la voie de la nature. Plus d'ailes, plus de parfums; l'enfant travaille.

L'homme a deux mains. Placez dans les petites mains de cet homme qui est un enfant, le livre en même temps que l'outil.

Ne m'objectez pas que ce sera trop de fatigue pour cet être frêle est charmant. Voudriez-vous donc que seuls ses bras fussent en mouvement? Et la pensée, où serait-elle?

Ce travail intellectuel n'est pas ce qui tue, et si l'un des labeurs doit le céder à l'autre, c'est le labeur manuel, c'est le frottement de l'outil, c'est la surveillance de la roue, masse puissante et stupide qui n'offre à l'observateur hébété que ses dents hideuses et son perpétuel grincement.

La loi l'a prévu. Elle a voulu que l'enfant des manufactures fût protégé dans son corps jusqu'à dix-huit ans, et dans son intelligence jusqu'à treize ans.

Voilà qui est étrange. Cet enfant, le voulût-il, n'abusera pas de sa force physique jusqu'à dix-huit ans; ses heures de travail sont comptées, le repos de la nuit lui est assuré; mais à treize ans cet enfant sera libre de refuser l'enseignement qui lui était donné, et de substituer les écrits libertins, la presse menteuse et légère aux livres d'éducation qui allaient fortifier son jugement.

Il ne fatiguera pas ses muscles, il pourra tuer sa conscience.

C'est là que le législateur s'est trompé. C'est sur ce point que nous appelons de nouveau sa sollicitude attentive. L'heure est solennelle. L'atelier se démoralise de jour en jour, et les hommes qu'il jette sur la société sont le plus souvent des Ouvriers haineux. Je me trompe, ce ne sont que des affamés. Si l'atelier leur eût donné dans la même proportion la nourriture de l'âme et le pain du corps, ces esprits faussés, ces cœurs aigris supporteraient plus aisément les torts des sociétés humaines, dont l'organisme, quoi qu'on fasse, sera toujours imparfait.

Que le système du demi-temps soit sanctionné par une loi ; que l'école qui est le complément de ce système soit continuée pour l'Ouvrier des manufactures jusqu'à dix-huit ans ; que les bonnes mœurs et la décence soient enfin protégées dans les ateliers par les règlements d'administration promis à l'industrie depuis le 22 mars 1841, et dont l'industrie attend toujours la promulgation ; que la loi qui ne régit que les établissements mécaniques et à feu continu, ainsi que les fabriques occupant vingt Ouvriers, s'applique à tous les ateliers sans distinction d'importance, afin que sa protection ne soit plus un leurre. Trente-trois mille enfants sont occupés par l'industrie, en 1872, dans le seul département de la Seine, et la loi, ne visant que les grands établissements, n'atteint en résumé que huit mille trois cents de ces enfants. Il importe que la nation se prépare un avenir moins troublé que le présent, en apportant toutes ces réformes dans l'atelier, où désormais tant de jeunes enfants qui seront des hommes sont appelés à vivre et à grandir.

Nous demandons pour eux une vie pleine et sérieuse, une vie sagement protégée dans ses racines les plus délicates, dans ses organes essentiels et divins.

Voilà pour l'enfant. Reste l'homme.

Il y a dans l'ordre moral, ainsi que dans le monde des faits, ce qu'on peut appeler la force acquise. C'est une impulsion donnée qui fait que la vie se continue, que demain sera fils d'aujourd'hui, que l'homme rappellera l'enfant.

Les conversions sont toujours difficiles, et, partant, peu nombreuses.

Si l'enfant ne lit pas avec durée sous la conduite d'un maître sage, l'homme ne saura pas lire; il lira mal.

Ce qui perd l'Ouvrier de notre temps, c'est d'abord le journal et ensuite le livre.

Ce n'est pas, à proprement parler, le journal politique; c'est cette feuille étrange qui n'a de politique que son titre, et qui vit de scandales vrais ou faux.

L'Ouvrier qui chaque jour achète ces journaux malsains se persuade aisément qu'il s'instruit sur la politique parce que, de temps à autre,

2.

un rédacteur utopiste fait passer sous son regard quelque thèse insensée, toujours la même, qui le flatte et le fait rêver ! Qui donc dé-
livrera le peuple de ces éternels précurseurs de ruines? Qui donc saura
parler à l'Ouvrier la langue aimable du patriotisme, de la tranquillité,
de l'ordre, du travail et de la famille ? Qui donc lui fera un tem-
pérament politique, alors que depuis cent ans l'Ouvrier porte un tem-
pérament révolutionnaire?

Qui ? — Les hommes et Dieu.

Les hommes, en réprimant par des lois sévères tous les empoison-
neurs de la plume.

Dieu, en suscitant des écrivains populaires chez lesquels la probité
sera l'égale du talent.

Le livre ne fait pas moins de mal que la presse périodique.

En France, nous sommes toujours prêts à nous payer de mots.

Le livre important par son format ou son prix n'est pas lu de l'Ouvrier ; nous savons cela, aussi nous ne prenons pas garde à sa circulation.
D'accord.

Le livre de peu de pages, au contraire, celui que l'on peut
acquérir pour quelques centimes, est susceptible d'être colporté parmi
le peuple, et c'est ce colportage qu'une loi prudente surveille avec sollicitude. C'est quelque chose. Mais n'y a-t-il que les colporteurs de profession qui soient à redouter ? Nous entravons par une loi et au moyen

d'une commission permanente l'exercice d'un métier qui nous semble dangereux, et nous ne savons pas atteindre le mal dans son principe.

Le péril, ce n'est pas le colporteur, c'est la littérature à bon marché.

Cette jeune fille qui vient à l'étal du libraire chercher le roman nouveau qu'une « édition populaire » permet de débiter par frag-ments,— j'allais dire par doses, comme s'il s'agissait d'un poison,— et dont chaque fragment s'achète au prix dérisoire de « cinq centimes, » voilà le colporteur terrible qu'il faudrait atteindre et que la loi n'atteint pas.

Autant de lecteurs, autant de suicidés.

Et la loi se sent impuissante à protéger ces pauvres gens ! Est-il donc impossible d'arrêter le mal dans sa source?— Ne le croyez pas.

Il y a de par le monde des constitutions robustes et des constitutions délicates. Il y a des hercules et des nains; il y a des hommes et des enfants.

Je range l'Ouvrier au nombre de ceux-ci.

Je voudrais que l'on eût toujours les plus grands égards pour la constitution morale de l'Ouvrier.

Que Suétone écrive les Douze Césars, *Longus,* Daphnis et Chloé, *Rousseau,* l'Emile *et le* Contrat social, *Voltaire, ses* Romans, *d'Alem-*

bert, le Discours préliminaire de l'Encyclopédie, *je l'accepte ; et des esprits plus gourmets ou moins préoccupés que le mien de ce qui peu élever les âmes trouveront peut-être dans la lecture de ces livres un passe-temps agréable. Mais de tels livres sont pour moi des travaux d'érudits qui ne conviennent nullement à l'Ouvrier. Or, ce sont précisément ces ouvrages que je retrouve au milieu de beaucoup d'autres, qui valent peut-être moins encore, dans une* **Bibliothèque** *populaire que tout le monde connaît.*

C'est là ce que j'appelle un colportage clandestin et dangereux.

Serait-il donc si malaisé d'exiger que les éditeurs fussent tenus d'obtenir une autorisation spéciale pour chacun des ouvrages qu'ils ont l'intention de publier dans un format populaire ? En quoi la liberté des auteurs et celle des libraires, en quoi la liberté individuelle se trouverait-elle lésée par une semblable mesure ?

Nous en usons avec trop de latitude à l'égard du peuple, et la littérature qu'on lui sert journellement, pour n'être l'objet d'aucune surveillance sérieuse, lorsqu'elle se vend au lieu où elle se fabrique, est vraiment un scandale et un péril, qu'il n'est que temps de conjurer avec énergie.

Agir autrement, c'est lâcher la proie pour l'ombre.

J'en pourrais dire autant du théâtre. Il y a certaines scènes où le peuple ne vient jamais. Si donc vous avez un sujet délicat à traiter et que faisant une œuvre d'art vous fassiez une œuvre qui ne saurait être mise sous les yeux de tous, je voudrais qu'une loi autorisât la Censure à vous défendre l'entrée des théâtres populaires.

Ceux qui liront ces pages se plaindront de mon extrême rigueur, mais n'ai-je pas dit plus haut que j'entends être radical à ma manière ?

Qui n'a lu les Misérables? Eh bien, le roman de Victor Hugo, publié d'abord en volumes, l'a été depuis en livraisons à « cinq centimes » avec illustrations, et aujourd'hui ce roman s'est fait drame. Or, je relevais il y a peu de temps sur l'affiche d'un théâtre de province les lignes suivantes :

Dimanche prochain, grande représentation populaire

LES MISÉRABLES

Drame en 3 parties et 17 tableaux

APOTHÉOSE

FANTINE AU CIEL

Fantine, c'est-à-dire la prostituée, la fille de joie déifiée, et cela devant un auditoire d'Ouvriers! Ah! ceux qui spéculent sur de pareils succès ne sont pas moins coupables que Béranger lorsqu'il écrivait ses

Deux Sœurs de charité, *parallèle écœurant et impie entre une sœur grise et une danseuse d'opéra.*

Que si un poète de génie sait écrire un chef-d'œuvre à propos de Fantine, placéz son livre ou son drame à la portée des érudits et des raffinés, mais tenez-le toujours à distance des regards de l'Ouvrier :

> *Si quid turpe paras,*
> *Ne tu pueri contempseris annos.*

Au lieu de suivre ce conseil d'un païen, et comme pendant à l'apothéose de Fantine, Héloïse et Abélard, travestis, servent de thème à je ne sais quelle pasquinade fort goûtée, dans laquelle le chanoine Fulbert est représenté sous les traits d'un suborneur, vrai truand, prisant fort les fins soupers. — Quel idéal du prêtre laisseront-ils à l'Ouvrier, les auteurs de cette basse parodie !

Oh ! je vous en supplie, préservons l'Ouvrier de tous ces poisons et fortifions-le par la parole publique quotidienne. Les conférences populaires sont à créer en France. Cochin les a brillamment inaugurées. L'abbé Moigno continue cette œuvre difficile à l'heure où j'écris. Il faut qu'avant dix ans les conférences populaires soient entrées dans nos mœurs, et que l'Ouvrier comprenne enfin le prix de l'instruction.

Mais qui nous fera cette joie ? Qui donc épurera la presse, qui as-

sainira le théâtre, qui instruira le peuple ? Si je regarde autour de moi, je ne vois parmi les hommes de renommée que des talents honnêtes et mous. Il y a bien peu de croyants dans notre monde : on y rencontre encore moins de lutteurs, et, l'âme attristée, on se prend à redire avec le poëte :

> Une chose, ô Jésus, en secret m'épouvante,
> C'est l'écho de ton nom qui va s'affaiblissant......

Eh bien ! les réformateurs seront des hommes nouveaux. Ce seront des Catholiques. La France a signé « catholique » quand on a demandé récemment à chaque citoyen quel était son culte. A la France de faire honneur à sa signature. Nous l'aiderons dans cette tâche, nous les amis de l'Ouvrier. Mais si l'on veut que notre labeur ne soit pas stérile il importe que nos représentants, que nos ministres, tous ceux enfin qui ont une part quelconque à la direction des affaires, agissent en catholiques.

Tolérer n'est rien ; approuver, c'est peu ; agir, c'est tout.

Il est raconté dans les Lettres de Pline le Jeune que le peintre Aristide représenta un jour une mère blessée à la mamelle au siége d'une ville, et qui donnait à téter à son enfant. Elle semblait craindre, dit Pline, qu'il ne suçât son sang avec son lait.....

— *Cette mère me fait songer à la France. Elle aussi est blessée, et ses blessures sont de plus d'un genre; mais les plus profondes, elle les doit à ses fils. Ne lui faisons pas un sort plus pénible que celui de cette femme grecque qui inspira l'artiste thébain. Ne l'exposons pas à porter un sang corrompu aux lèvres des enfants qu'elle allaite, et, pour cela, confiants en Dieu, posons nous-mêmes nos lèvres d'hommes et de chrétiens sur ses plaies afin de les fermer.*

LE LIVRE

ET

L'OUVRIER

> Les Classes Ouvrières ont assez d'instruc-
> tion pour apprécier le côté faible des insti-
> tutions humaines, elles n'en ont pas assez
> pour les réformer.
>
> BLANQUI.

I

Quand je n'ai rien écrit pendant une semaine,
Quand j'ai laissé ma verve un long mois s'engourdir,
Pour saisir l'instrument où mon doigt se promène,
Il faut que la douleur vienne alors m'enhardir.

Or, ce n'est pas, lecteur, le travail qui m'arrête,
Mais une voix me dit : « Tu n'arriveras pas !
« Quelques vers bien frappés ne font pas le poëte.
« La Muse a son allure, elle marche à grands pas :
« Que feras-tu, dis-moi, si tu ne sais la suivre?
« Devant de froids dédains courber ta tête en feu !
« Tu n'y pourrais tenir. — Contente-toi de vivre. »

Et je dis la voix : « L'homme peut ce qu'il veut. »

II

Puisque la politique envahit notre monde,
Nous poserons le pied sur cet âpre terrain.
Du volcan nous ferons une mine féconde,
Nous suivrons sa spirale, une lampe à la main.
C'en est fait, le Journal a détrôné le Livre :
Nous n'avons plus le temps de rêver tout un jour ;
Nos lyres ont fait place aux trompettes de cuivre,
Nous sommes des soldats sans halte et sans amour.

Chaque instrument qui vibre entonne la diane,

« En avant ! » pour combattre il n'est point de sursis.

A marcher sans nos dieux ce siècle nous condamne,

Laissons là *Jocelyn,* mais ouvrons *Némésis.*

III

O vieux Barthélemy, poëte-journaliste,
Que n'es-tu parmi nous à rimer tes pamphlets,
Toi qui jetais ta strophe au verbe réaliste,
Comme un homme nerveux fait pleuvoir ses soufflets !
Ce temps où nous luttons sans trêve et sans issue
Siérait bien, j'imagine, à ta verve de feu.
La vertu vit sans gloire et meurt inaperçue ;
L'idéal sans essor ne monte plus vers Dieu ;

La matière est maîtresse, on l'a déifiée ;
Dieu, c'est le grand proscrit. — Du riche au travailleur,
L'humanité s'en va haineuse et repliée,
Elle ne compte plus sur un monde meilleur.

— Mais qui donc nous a fait cette Europe meurtrie
Qui n'a plus d'espérance et qui n'a pas d'amour ?

Qui donc va t'égorger, vieille mère-patrie ?

— L'ignorance. —
    C'est là notre dernier vautour.

Nous avons désarmé ceux qu'il fallait défendre ;
Le peuple, nous l'avons flatté, croyant l'aimer.
Pour acquérir le vrai, c'est encor peu d'apprendre,
O Livre, il faut savoir t'ouvrir et te fermer !
Mais l'homme ne croit plus à l'honnête science,
Son œil terne et hagard aime l'obscurité,
Et la honte et l'erreur, deuils de la conscience,
Et son bras sans honneur t'étrangle, ô Liberté !...

IV

Ouvriers, la vertu suit de près la lumière

Le sentier du travail est âpre et ténébreux,

Dites-vous?— Je le sais. — Plus froide est la carrière,

Et plus vous vous sentez pleins de haine et nombreux.

Hélas! ce n'est pas Dieu qui fit votre atmosphère :

Dieu soutient les cœurs droits, les humbles, les vaillants;

De ses divins appuis vous ne sauriez que faire,

Les prophètes du mal vous laissent incroyants!

Vous rêvez d'attiser partout des incendies.

Du pétrole et du fer, la hache aux froids tranchants

Vous tentent?—Vous posez sur tout des mains hardies?..

Vous n'en êtes pas moins sans science et méchants !

Un monde peut mourir; vous lui pourrez survivre;

Mais vous léguerez donc des cendres à vos fils?

— O frères, laissez-moi vous apporter « le Livre »

Et sur votre métier suspendre un Crucifix.

Imprimé par Charles Noblet, rue Soufflot, 18.

A LA LIBRAIRIE E. LACHAUD

DU MÊME AUTEUR :

Imprimé par Charles Noblet, rue Soufflot, 18.